亮孩——著

作者

亮孩。大多時候是新竹人，長不大也不想長大。

喜歡玩、愛亂寫，關心社會也關心晚餐要吃什麼，愛護地球更愛護身邊的人。

拚命思考、捍衛善良，努力實踐「勇敢是一種選擇」的生命態度。

2019年出版詩集《詩控城市》榮獲「2020好書大家讀」，並佔據排行榜冠軍一個月。這本《詩控餐桌》，想讓吃貨多些文藝心，讓詩人多些卡路里。

推薦序

我們需要吃飯，更需要詩。

文字常受磨損，酸敗為陳腔濫調，詩，可以保鮮防腐，封存本真，讀這詩集，就讓我充滿新鮮的愉悅，有時莞爾，有時爆笑。

孩子們以精悍直觀，撲動想像力的翅膀，或諧音或擬仿或偷換，從最普通的事物萃取奇想，以平淡提煉不凡，日常的飯菜食器，麻糬泡麵，因而鹹魚翻生，新意煥發，妙趣盎然。

寫詩，就像和文字嬉玩，然而這遊戲可以反轉視角，折射偏光，跳脫慣性思考，穿過詩的蟲洞，世界萬物，從此不一樣。

飲食文學作家　蔡珠兒

每個人，都需要一本「看得懂的詩集」，而這本《詩控餐桌》做到了。

詩裡有哲學、有思考；有美學、有情感，這都是現代人（特別是孩子）所缺乏卻又必須的生命養分；而這本書以「食物」為根基、以「孩子」為視角、以「二行」為形式，讓讀者舒服地踏進詩的世界，然後在裡頭流連忘返。

從上一本「城市」到這本「餐桌」，希望世界可以跟著亮孩的腳步，繼續「詩控」下去。

教育教養講師　彭瑜亮

編者序

上一本詩集《詩控城市》出版後，收到極熱烈的迴響！大人驚艷於孩子的視角、讀者找到心靈的慰藉；教育人作為新詩的引導、文案人當作書寫的思考。

這群才華出眾、熱愛創作的孩子，擁有一顆顆太迷人的詩心；這一次，我從餐桌上一首首收集起來、成冊出版，再次戳破現實的膿包，淨化你我的靈魂。

盼詩控系列帶起的「二行詩」風潮，拉近詩與人的距離；讓我們在詩控的餐桌上，一起重生。

亮語文創總編　陳品諠

目 次

〈棉花糖〉

輕輕一抿
雲霧總會散去

王湘晴 18歲

邱一宸 17歲

礦泉水

毋須多濾
清者自清

紅豆湯圓

浸在相思裡
化不開的歲歲年年

鄧謙實15歲

餐巾

殘食
巾吞

林佩妤18歲

蝦

要紅
就得彎腰

26

李沛軒 16歲

筷架

我做你的肩膀
架給我吧

筷子

我做你的雙手
快取我吧

林逸銘 14歲

冬夜・番茄蛋花湯

紅塵滾滾，煙花易冷
終究落得索然無味

咖啡渣

在滾燙中浮沉
把夢想過濾掉，剩下

姜欣蕙18歲

林芸安 16歲

刀

來回的躊躇，改變不了
決裂的果斷

冰淇淋

卸下冰冷的武裝
你只是一灘軟弱的甜膩

蔡若渝 14歲

〈拔絲地瓜〉

黏蜜的糖絲，牽著
一起熬過黑夜的我們

徐愛崴 17歲

34

蔡任輔 18歲

鮮果汁

涉世未深
歡迎壓榨

王子麵

廉價的貴族

黃伊恩10歲

客家麻糬

沐黃沙，荒蕪的沙場
是何年？支解的宿命

36

陳宇勳18歲

酒

唯一的朋友，還得
用錢來買

38

廖昱程 17歲

蔥爆牛肉

犇向！
屬於我的那片蔥綠

巧克力

情人劫
微苦、微甜

豆沙包

尺素，包裹著
纏綿的相思

冰棒

盛夏的剩下
在長大的路上漸漸失溫

賴宥瑄13歲

孫庭柔 17歲

醉蝦

沉醉在酒池肉林
那是我回家的方式

百香果

經歷時間的皺褶，才能
百里飄香

范圓沂 14 歲

〈一把筷子〉

我與你是一對

正如你和他一樣

李廿 16歲

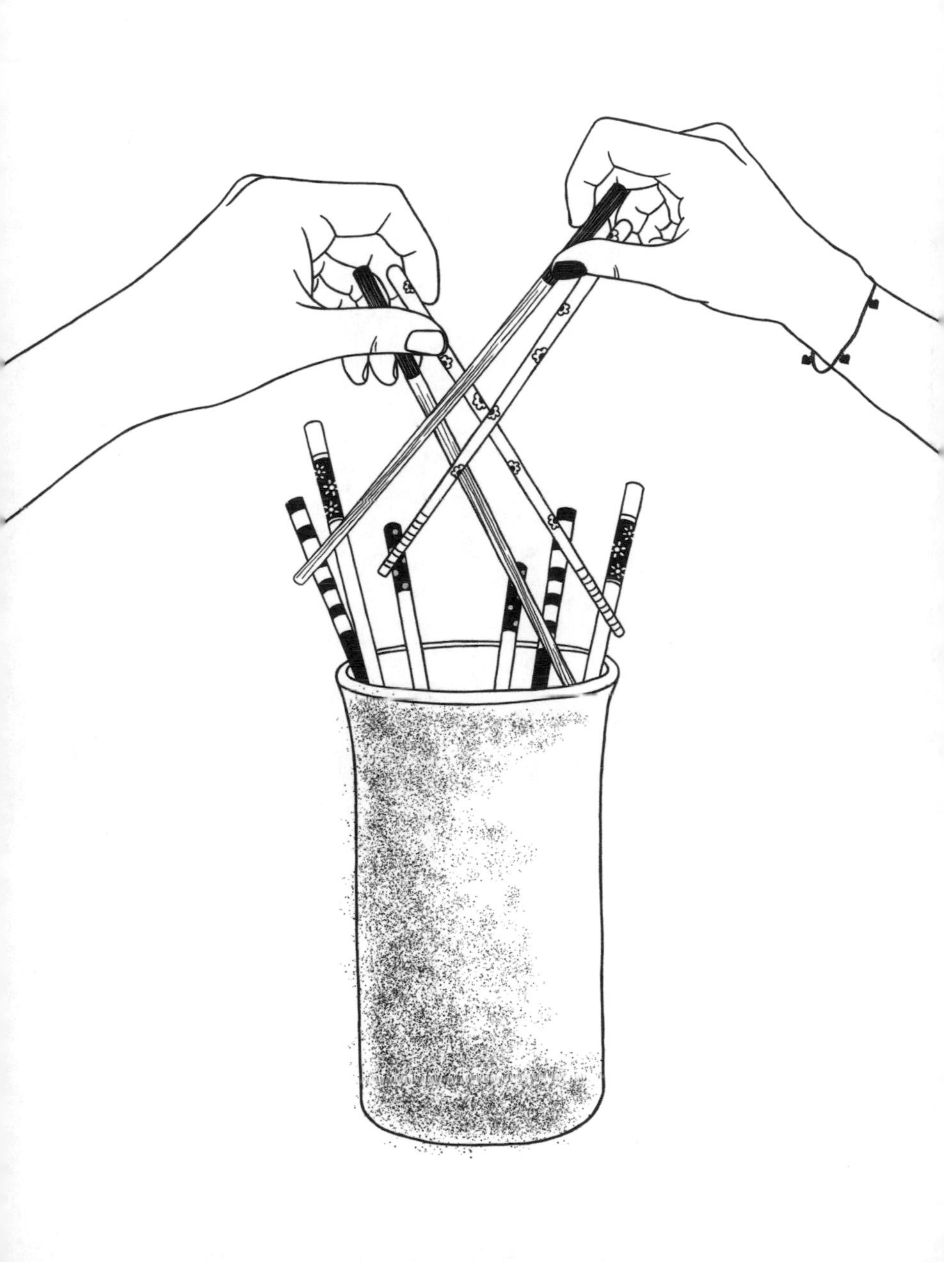

燙青菜

出了一鍋水深火熱，依然被淹沒
在鹹稠的黯淡中

牙線

縫隙中求生
求一口清香

潘陳資蕎18歲

顏映慧 17歲

大腸麵線

絲念

斷腸

菜單

單薄的身軀
也能勾起你的，無限遐想

陳韻晴18歲

蘇佾宸12歲

陶鍋

小心！
發燙的愛，一摔就碎

洋蔥圈

穿上這身偽裝
只為不讓你落淚

張家誠 14歲

半熟蛋

到底是不成熟
才願流露一片真心

鹽巴

總說我不可或缺
卻從來不是，你的主角

吳雨蒨16歲

徐竣霆18歲

蛤蜊燒

我已吐盡一切
還要我張嘴說什麼？

口香糖

反覆咀嚼，依然
難以下嚥

郭峻里 17歲

〈咖啡〉

黑夜趕走黃昏
留下苦澀的清晨

馮梅祺16歲

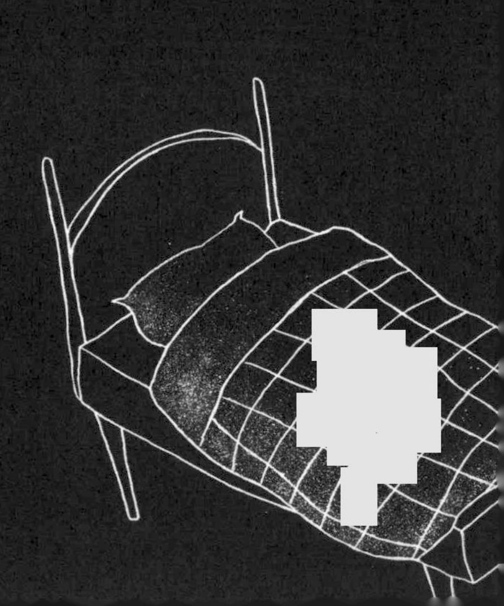

58

姜欣蕙18歲

隔熱手套

難耐灼燒和熾熱
幸好你始終不懂

保溫盒

小心翼翼，守護著
昨夜的溫存

張于文 17歲

黃俊瑜16歲

啤酒

拉開黑夜，找一晚
稍縱即逝的泡沫

酒瓶

回神，也無法再拼回
破碎的我

賴世昕16歲

楊霆奕17歲

魚刺

你用心對待
是因為嫌我窒礙

爆香・愛情

蔥向你、薑就點、蒜了吧
一口濃烈，總歸平靜

王湘晴18歲

朱雁白 16歲

冰淇淋

一支童年
融化整個夏天

餐桌

默默承擔著
每一頓力氣

李卅 11歲

黃伊晨17歲

麥芽糖

甜言蜜語別太多
多了會黏牙

魯·肉·飯

刀光劍影，文火淬鍊
子路啊！回家吧

李芸安18歲

〈下酒・茴香豆〉

輕咬相思，烈酒入喉

夢裡，總會回鄉

廖昱程 17歲

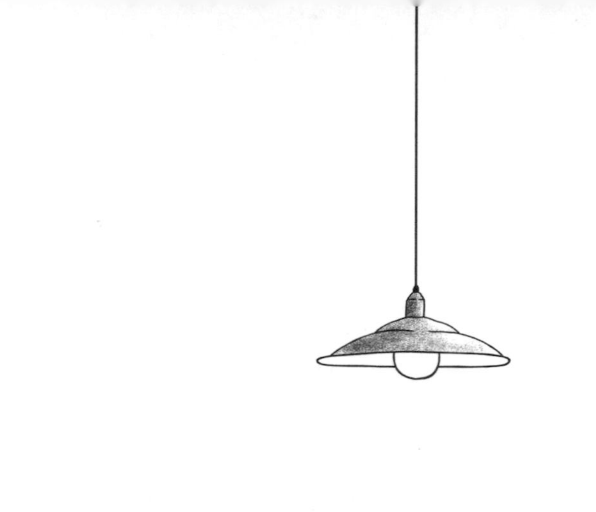

酒

林佩妤 18歲

葵瓜子

向光的渴望來不及破土
於是在你的口中，綻放

臭豆腐

見人就豎起惡臭的高牆
卻渴盼有人懂他的表裡不一

許恩慈15歲

張沁妘16歲

烤肉

沾上了稠黑的慾望
我們都一樣

生日蠟燭

一次又一次地吹熄
童年的夢想

范芳瑜15歲

林柏宇18歲

之一——懷古

壺尖流瀉的驚濤，沖刷出筆墨封印的大陸
淡開，是被記憶烘乾的錦繡年華

之二——秋陽

離雁欲取溢滿西天的柔光
只啜一口，梧桐的淚不會凝成冰霜

之三——千年一韻

莊生囈語間輕取他的蝴蝶，夾成
凌駕飛風的葉，旋入杯底千年後誰的夢裡

林柏宇 18歲

金針菇

要殺要剮隨你，反正
明天見

家常菜

開口閉口
一輩子的掛念

吳香翎16歲

〈臨〉

當淚水結晶
才能再吞回去

李承彥 18歲

孫庭柔17歲

炒・隔夜飯

窮酸冷清的昨夜
穿金戴銀的今天

燭光晚餐

浪漫
是因為看不清他的臉嗎？

孫瑜鍹 16歲

竹筒飯

本該孑然一身
卻是飽食餘生

盤子

太多重量
把它壓扁了

杜昕嫚10歲

張采文14歲

棉花糖串

你刺穿我的溫柔
我奉上一生的甜蜜

溏心蛋

歷經燒灼
才能守護內心的柔軟

邱一宸 17歲

姜欣蕙18歲

什錦炒飯

炒成一團
才是一家人

碗

盛滿、掏空
連回憶的氣息都不能擁有

洪齊紹 17歲

88

李芸安18歳

親子丼

闔家
平安

廖昱程 17歲

絲瓜麵線

牽著掛著的，是你
懷裡纏綿的，也是你

〈醉蝦〉

邀月共飲一杯酒。躍出

我已變成了酒中月

葉宇瀚 17歲

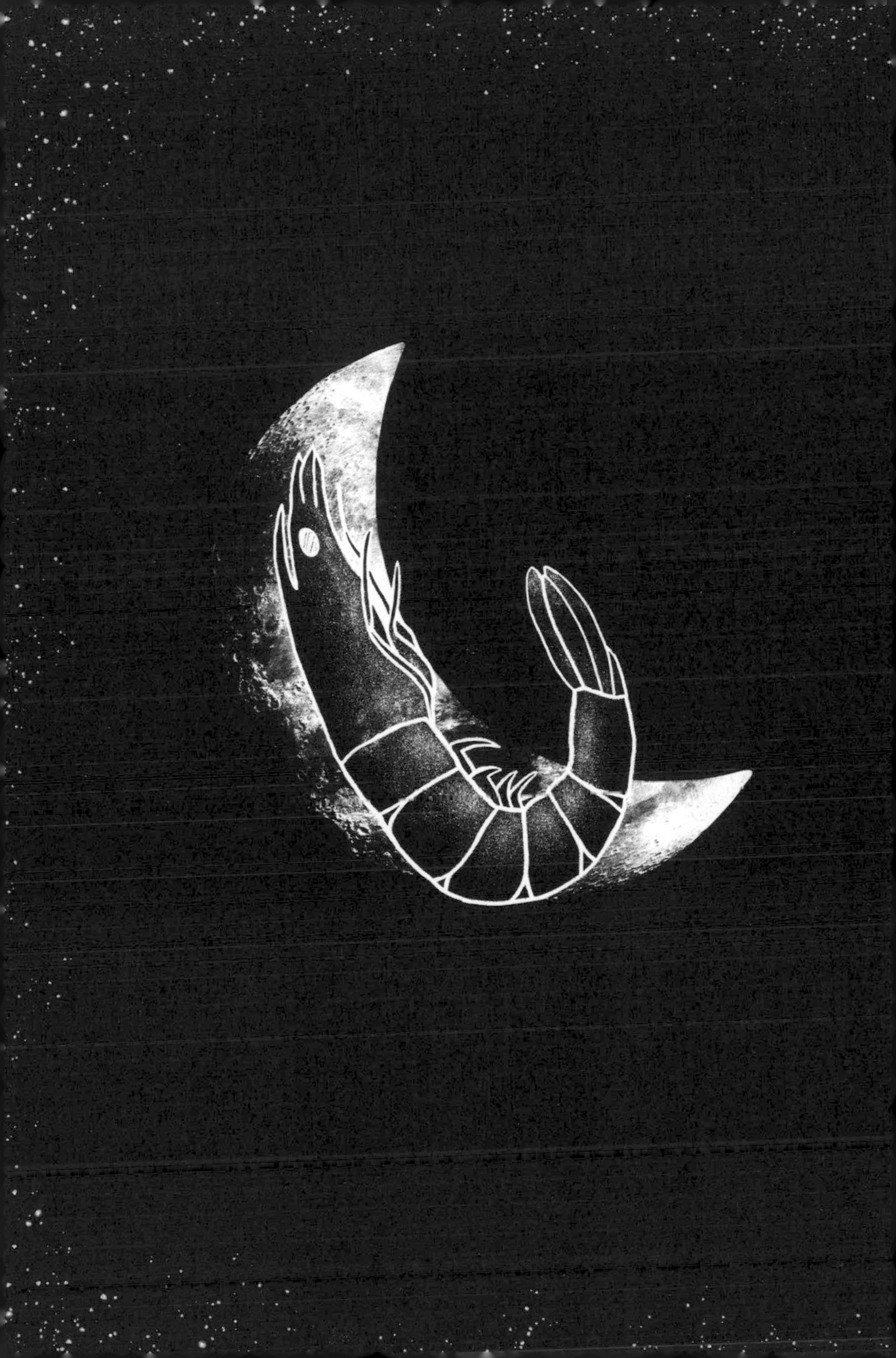

92

黃俊瑜16歲

保溫瓶

願用我的全部
再換一會兒你的溫度

黑森林

迷路
在甜蜜的童話裡

王薇甯 15歲

李廿16歲

高麗菜佐菜蟲

死了、死了，
我該如何想家呢？

胡椒粒

粒粒
皆辛苦

謝安綸13歲

黃伊恩
10歲

熔岩巧克力

火山爆發後
是甜甜的愛

泡麵

我快好了
再給我兩分鐘

古承綮17歲

張沁妘16歲

粽子

懸著，繫著
未死的執念

玫瑰糖

妳的羞澀，融化了伊斯坦堡的警戒
甜滿了，我手心綻放的花園

陳佑安 17歲

爆米香

努力膨脹自己，只為
驚天動地

土窯雞

焦土上，你們不把我重新埋葬
只說塵封的記憶，最香

〈茶葉〉

我願敞開心胸
當你以熱情澆灌

楊霆奕 17歲

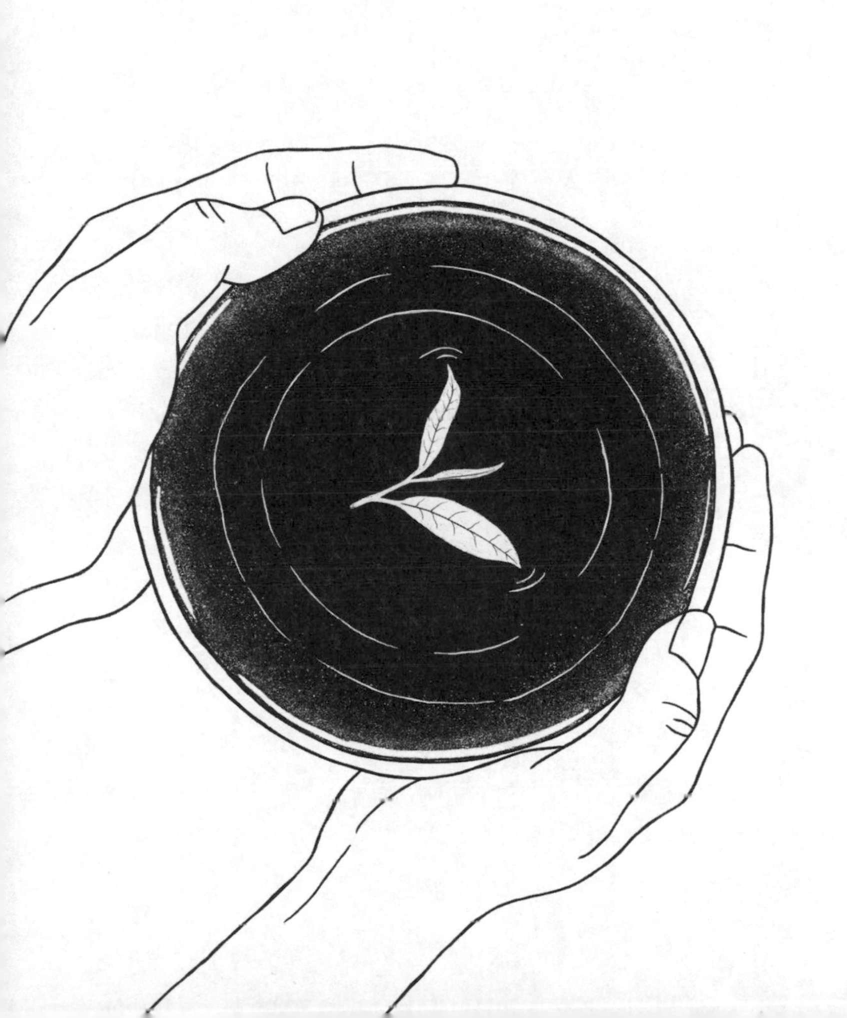

林涵真 17歲

消夜

昨夜的衝動
今日的沉重

消夜

你願意為我
一次次打破誓言嗎

廖亭涵 15歲

黃品蓉 16歲

被戴上綠帽

哇沙米

也只能嗆辣了

白粥

稻間的耳語熬成了
軟糯的我，願意

賴宥瑄13歲

給女兒的千層蛋糕

一層層堆起
甜蜜的負荷

朱鈺騰 18歲

麻婆豆腐

刀子嘴
豆腐心

莊詠棋 17歲

杜昕嫚10歲

王子麵

只有不是王子的王子
才懂是什麼味道

冰淇淋

捨不得，卻留不住
冷冽的滋味，獨自垂憐

蔡閎馳 17歲

〈茶葉蛋〉

每道傷痕都為了

讓我們的相遇更有味道

林佩婷　18歲

顏克珉16歲

牛奶麥片

漂浮了太久
註定軟爛

跳跳糖

短暫狂歡後
徒留，滿腔寂寞

顏克芸18歲

黃伊晨 17歲

鹽巴

眼淚風乾後
就當作生活的提味吧

食材

上刀山，下油鍋
只為一生一次與你的相遇

朱晏祺13歲

健身餐

雞雞
附肌肌

薑絲大腸

懂你的酸言酸語，因為
直腸子的你

陳韻安17歲

張心凌16歲

什錦

一口吞下
人生百態

刀叉

凌遲的最高境界
無聲，優雅

〈糖畫〉

融化一起童年

畫成我最懷念的

孫庭柔 17歲

林芸安16歲

棉花糖

口中的一朵雲，暈成
童年粉色的晚霞

泡泡糖

不斷破滅的夢想
不斷地鼓起勇氣

鍾知頤17歲

草莓大福

你如何看透我心？
啊！緋紅的頰露了餡

127

姜欣蕙18歲

脆梅

將初夏醃漬
在嘴角發酵

〈圍兜兜〉

幸好我接住了

那些兒時遺落的

邱伶 12歲

亮孩群（依姓氏筆畫排序）

王亭之	王湘晴	王薇甯	古承縈
朱雁白	朱晏祺	朱鈺騰	李　廿
李　卅	李芸安	李沛軒	李承彥
杜昕嫚	吳雨蒨	吳香翎	林芸安
林柏宇	林涵真	林佩縈	林佩妤
林逸銘	姜欣蕙	洪齊紹	范圓沂
范芳瑜	陳　羿	陳韻晴	陳韻安
陳佑安	陳宇勳	陳璿修	徐竣霆
徐愛崴	孫庭柔	孫瑜鍹	郭峻里
張沁妘	張心凌	張采文	張于文
張家誠	莫殷其	許恩慈	邱　伶
邱一宸	黃俊瑜	黃伊晨	黃伊恩
黃品蓉	黃筠倪	游冠毅	馮栴祺
莊詠棋	楊霆奕	葉宇瀚	葉肯嘉
廖昱程	廖亭涵	蔡任輔	蔡閎馳
蔡若渝	劉侑晉	賴宥瑄	潘陳資蕎
賴世昕	謝安綸	顏克芸	顏克珉
顏映慧	魏庭語	鄧謙賓	羅之秀
蘇佾宸	鍾知頤		

詩星 02
詩控餐桌

作者　亮孩
總編輯　彭瑜亮、陳品誼
編輯　洪士鈞、鄭雅婷
出版行政　林子又
設計　宋柏諺
手寫字　陳昕妍
出版　亮語文創教育有限公司
地址　302 新竹縣竹北市光明六路 251 號 4 樓
電話　03-558-5675
電子信箱　shininglife@shininglife.com.tw

印刷　漾格科技股份有限公司
總經銷　大和書報圖書股份有限公司
初版一刷　2021 年 4 月
初版三刷　2024 年 9 月
定價　280 元
書號　AB004
ISBN　978-986-97664-3-2

國家圖書館出版品預行編目 (CIP) 資料

詩控餐桌 / 亮孩著 . -- 初版 . --
新竹縣竹北市：亮語文創教育 , 2021.04
面；　公分
ISBN 978-986-97664-3-2（平裝）
863.51　110001092